花びら餅

矢野京子
句集

青磁社

大宇宙の沈黙をきく冬木あり

櫂

花びら餅＊目次

序句　長谷川　櫂　1

Ⅰ　7
Ⅱ　37
Ⅲ　91
Ⅳ　153
Ⅴ　193

あとがき　243

季語索引　244
初句索引　256

句集

花びら餅

I

初凧や青空いまも遙かなる

初凧や助六天をにらみつつ

とりあへず紅をさすのみ初鏡

節分や鬼の踏みたる豆あまた

春蘭の大きな株よ我が宝

泥の手でもらふ郵便菊根分

かげろひて被爆電車の近づき来

春の暮どの道ゆかば父と母

手の届くかぎりの枝へ袋掛

向日葵やおほきな瞳あるごとく

睡蓮のめざめてはまたほほゑみぬ

百合の蕊百合を汚してしまひけり

遠き日の母子に戻る氷菓かな

白鷺を一羽したがへ田植かな

十年の時を醸して梅酒かな

大海を泳ぎきつたり昼寝覚

花芒山ごとそよぎゐるごとく

虫籠と思へばたのし草の家

手にのせて硯つめたし天の川

朝顔のゆるやかに垣越えゆける

ここに立つ流浪の仏花芙蓉

一人づつ秋を灯せる我が家かな

裸木となりていよいよ巨きな木

落葉掃く音あり人のゐるらしく

心いまはるかにありて落葉焚く

泡立てて子犬を洗ふ冬日和

電飾の光脈打つ寒夜かな

II

我を守る神の隣に寝正月

平和の灯あかあかと年改まる

初夢の中へもついて来る犬よ

もち米のしんと沈めり寒の水

切りつめて一輪のこの椿かな

春風邪や薬代はりの甘納豆

よく響く鈴を鳴らして恋の猫

さまざまなかたちの箱のバレンタイン

野のひかり水のひかりへ流し雛

椿百百の眼のあるごとく

釣り糸のきらりきらりとめばるかな

わが心耕すごとく耕せり

下駄箱に砂を残して卒業す

しばらくは虻の羽音と山の道

たらの芽を棘ももろとも天婦羅に

家苞にせんと若鮎木の芽炊き

吹きわたる四月の風や開幕戦

広島球場

一本の何の木の花カフェテラス

孟宗を一節切つて巣箱とす

入り口のとても小さな巣箱かな

巣箱にも所番地の書いてあり

散らばれる釦と遊ぶ仔猫かな

手を離れゆく風船の長閑かな

風に揺れただ大根の花である

evianの水きらきらと立夏かな

豆ことに空豆好きの夫かな

目高らに聞かせてゐるやハーモニカ

五月雨の尾道あたりゆくころか

あぢさゐの一塊重し雨に剪る

鹿の子に名を尋ねゐる子どもかな

籐筵ひろげて一間明るうす

藍浴衣母にも母のありしかな

夜濯や選り分けてゐる白きもの

箱庭に金魚売りゐるたのしさよ

父と母置く箱庭よとこしへに

噴水やせい一杯の高さまで

祈りつぎ我も灯籠流しけり

頼られてうれしき秋の団扇かな

コスモスの海の中ゆく子どもかな

コスモスを包む昨日の新聞紙

広島の夕空高く秋刀魚焼く

二粒はまだ青きまま葡萄剪る

無花果の仕舞ひは大き葉にのせて

たつぷりと眠りて覚めし熟柿かな

竹箒波を描きて冬に入る

落葉掃く一木の葉の果つるまで

笹鳴や矢野駅までの道すがら

サイフォンや枝から枝へ冬の鳥

牡蠣殻の山に牡蠣殻落ちし音

手袋の手のもどかしき句帳かな

推敲のとなりに夫冬ごもり

III

白き体揺らめいてゐる初湯かな

恋心呼びさまされし歌留多かな

鏡開きひびに包丁を押し当てて

帯解いて氷のごとし青畳

白鳥になる夢も見し昔かな

挿し易き柊の枝選びくれし

薔薇の棘ちくりと指に春兆す

人間と春の光と畑の上

幾万の波の寄せくる若布かな

手にのせて後ろ姿や雛納め

春風や何でも掛けてあるフェンス

春光の一塊となる沖の船

ことごとく春のかけらやちりとりに

遠足のリュックサックにつぶれさう

春塵を払ふ大仏さまの前

花びらは空に遊べり仏生会

真青なる天よりそそぐ甘茶かな

影ひとつ我に寄り添ひ春惜しむ

猫の子に遊ばれてゐる夫婦かな

生き死にの話などせん花菜漬

俳諧や朧を抜けてまた朧

鯉幟大きな影の下とほる

四方八方雨にたふれて花ぎぼし

さみだれのポストへ葉書出しにゆく

一皿に夏を集めてサラダかな

青葉若葉たたけば違ふ木の堅さ

南天の花まみれなる仔猫かな

開きても閉ぢても薫る扇かな

金魚藻を入れて金魚を待つばかり

金魚掬ひの神様などとはやされて

おもかげのひとつひとつを土用干

カレンダー大きな丸は海開き

南国にいま涼しさの髪ほどく

気の抜けたジンジャーエールよ昼寝覚

胸中に夏の終りの光さす

ときめきや次の花火を待つあひだ

二つまた合はせて鳴くやちちろ虫

存分にたのしかりしか扇置く

枝豆や夢の話をすこしせん

けふの月かの地照らせよなぐさめよ

ひびわれし大地なれども秋桜

穴惑ひ惑ひ惑ひてなほ惑ふ

門を出てきのふの花野けふの宿

鰯雲こころの奥へつづきけり

神の島に生まれて老いて鳴く鹿よ

いまはまだ葉っぱの色のみかんかな

生涯の紅葉すべて水底に

ひそかにもこころの奥の冬支度

冬めけるもののひとつにペンの先

こころにも凩の吹く一日かな

凩や唇なにを語らむと

この椅子に君のをらざる冬日かな

夢に見し人のとなりに焚火かな

痛み一つ深く蔵して山眠る

歳月や見渡すかぎり冬木立

思ひ出の句を選みゐる炬燵かな

湯豆腐や十年のちも向きあうて

豆餅よあんころ餅よみな別腹

残菊のぬくもつてゐる日向かな

Ⅳ

ほほゑめばほほゑみかへす花びら餅

つくばねや虚空の中へただ一つ

しまひにはだんだんこはし福笑

おもむろにスケートリンク中央へ

一輪の花のさゆらぐ葛湯かな

ビニールの中とは知らぬ白魚かな

一対の雛のごとく位牌立つ

けふよりは俤となる雛かな

広島や朝寝してゐる四方の山

春潮を俳句の国へひとまたぎ

一本はそっぽ向きをりチューリップ

さへづりやこの世に生まれまだ三日

桜貝波打ち寄せてゐてしづか

その話つづきがありぬ亀鳴けり

飛魚のまたも飛び込むデッキかな

一寸に足らぬ亀の子もらひけり

走り来よプールの水をしたたらせ

夏掛の端をつかんで眠る子よ

花氷花みな息をするごとく

たうたうと大河のほとり田を植うる

あかあかの命の色のトマトかな

くるくると光をまはす白日傘

広島のナイターの灯や駅間近

遺されし子どもと遊べ茄子の馬

花野ゆく空に消えゆく処まで

味噌自慢生姜自慢や生姜味噌

小鰯や百度洗ひて鯛となれ

新婚の小さな家のほたる草

闘へる色となりけり葉鶏頭

朝霧のはれたるところ街の果

高々と小鳥待ちゐる梢かな

傷心にふはりと羽織るコートかな

火の中にもんどり打てる榾ひとつ

生れし日もかくあたたかか十一月

一年のにじむ切干かみしめん

題詠を次から次に湯ざめかな

外は雪しづかに終はる二楽章

V

首の鈴つけかへ猫の春著とす

腹ぺこの神に捧げん雑煮かな

雀来てこぼせし藁を初箒

左義長やすでに煙となり果てつ

やうやくに四温たのしむ箒かな

白梅や鍛錬といふよき言葉

一献は安芸のうま酒白魚鍋

お山焼炎は炎煽りつつ

恋の猫尾に口ほどのもの言はせ

ものの芽のほぐれほぐるるけさの雨

女木島のうしろ男木島かぎろへり

頬染めて曲水の座におはしけん

花莫蓙も人も花びらまみれなり

先の世は花でありしか桜守

一山の花ちる日傘ひらきけり

眠さうな原爆ドーム花の雲

なにもかも桜月夜のせゐにせよ

釣り上げて海の日和や桜鯛

何とかのいはくの井戸に種浸し

壺焼やぽんとはじけて貝の蓋

絵唐津に盛りて菜飯のことのほか

十三の叟山ならべ春惜しむ

ゆく春やうづくまりゐる黒唐津

広島の真赤な夏のはじまりぬ

花立てて朝鮮唐津夏に入る

絵唐津の草に木に夏来たりけり

花莫蓙の下はヒロシマ爆心地

更衣しんじつ風となれぬ身を

夕食の前の子どもと浜日傘

子午線を踏んで海へと花昼顔

大蛸ののらりくらりと競りを待つ

睨みゐる虎魚の目玉活造

大文字つつかけ履いてひよいと来て

地球とふ花野の星にいさかふや

蓑虫の自問自答や果てしなし

黄金のひびきの木の実降りしきる

しめっぽい話は御免きのこ汁

菊枕作れるほどに菊植ゑん

手の中にぬくもつてゐる蜜柑かな

着ぶくれて毛玉の中にゐる君よ

眠りゐる弥山の裾に句会せん

引きに引く波の音きく湯ざめかな

拾ひきし松笠かざれクリスマス

裸木にとり残されし巣箱かな

かなしみの翼たたみて浮寝かな

浮寝鳥一羽のかげにまた一羽

あのころとちがふ夢ある懐炉かな

あとがき

『花びら餅』は私の初めての句集です。

古志に入会して十八年、長谷川前主宰、大谷主宰に選をいただきました句を中心にまとめました。

句集を編むに際しては、長谷川櫂先生にご指導を仰ぎ、身に余る序句を賜りました。深く感謝申し上げます。

今、あらためて古志という場を得た幸せを感じております。

これからも、日々の暮らしを大切に、自然の声に耳を澄まして俳句を作り続けていきたいと思っております。

出版の労をお取りいただきました青磁社の永田淳様、装丁の加藤恒彦様に心よりお礼申し上げます。

二〇一八年　冬

矢野　京子

季語索引

あ行

青葉【あおば】（夏）
　青葉若葉たたけば違ふ木の堅さ　一一八
青蜜柑【あおみかん】（秋）
　いまはまだ葉つぱの色のみかんかな　一三八
秋扇【あきおうぎ】（秋）
　存分にたのしかりしか扇置く　一三〇
　頼られてうれしき秋の団扇かな　七六
秋の灯【あきのひ】（秋）
　一人づつ秋を灯せる我が家かな　三〇
朝顔【あさがお】（秋）
　朝顔のゆるやかに垣越えゆける　二八
朝寝【あさね】（春）
　広島や朝寝してゐる四方の山　一六三
紫陽花【あじさい】（夏）
　あぢさゐの一塊重し雨に剪る　六七
虻【あぶ】（春）
　しばらくは虻の羽音と山の道　五二
甘茶【あまちゃ】（春）
　真青なる天よりそそぐ甘茶かな　一〇九
天の川【あまのがわ】（秋）
　手にのせて硯つめたし天の川　二七
無花果【いちじく】（秋）
　無花果の仕舞ひは大き葉にのせて　八一
鰯雲【いわしぐも】（秋）
　鰯雲こころの奥へつづきけり　一三六
海開き【うみびらき】（夏）
　カレンダー大きな丸は海開き　一二四
梅【うめ】（春）
　白梅や鍛錬といふよき言葉　二〇〇
梅酒【うめしゅ】（夏）
　十年の時を醸して梅酒かな　二三
枝豆【えだまめ】（秋）

枝豆や夢の話をすこしせん　一三一
遠足【えんそく】（春）
遠足のリュックサックにつぶれさう　一〇六
扇【おうぎ】（夏）
開きても閉ぢても薫る扇かな　一二〇
虎魚【おこぜ】（夏）
睨みゐる虎魚の目玉活造　二二六
落葉【おちば】（冬）
落葉掃く一木の葉の果つるまで　八四
落葉掃く音あり人のゐるらしく　三二
心いまはるかにありて落葉焚く　三三
朧【おぼろ】（春）
俳諧や朧を抜けてまた朧　一一三

か行

外套【がいとう】（冬）
傷心にふはりと羽織るコートかな　一八六
懐炉【かいろ】（冬）
あのころとちがふ夢ある懐炉かな　二四一
鏡開【かがみびらき】（新年）
鏡開きひびに包丁を押し当てて　九五
牡蠣【かき】（冬）
牡蠣殻の山に牡蠣殻落ちし音　八七
陽炎【かげろう】（春）
かげろひて被爆電車の近づき来　一五
女木島のうしろ男木島かぎろへり　二〇五
鹿の子【かのこ】（夏）
鹿の子に名を尋ねゐる子どもかな　六八
亀鳴く【かめなく】（春）
その話つづきがありぬ亀鳴けり　一六八
亀の子【かめのこ】（夏）
一寸に足らぬ亀の子もらひけり　一七〇
歌留多【かるた】（新年）
恋心呼びさまされし歌留多かな　九四
枯木【かれき】（冬）
裸木となりていよいよ巨きな木　三一

裸木にとり残されし巣箱かな　二三八
寒禽【かんきん】（冬）
サイフォンや枝から枝へ冬の鳥　八六
寒の水【かんのみず】（冬）
もち米のしんと沈めり寒の水　四二
菊根分【きくねわけ】（春）
泥の手でもらふ郵便菊根分　一四
菊枕【きくまくら】（秋）
菊枕作れるほどに菊植ゑん　二三二
茸【きのこ】（秋）
しめつぽい話は御免きのこ汁　二三一
木の芽炊き【きのめだき】（春）
家苞にせんと若鮎木の芽炊き　五四
着ぶくれ【きぶくれ】（冬）
着ぶくれて毛玉の中にゐる君よ　二三四
擬宝珠の花【ぎぼうしのはな】（夏）
四方八方雨にたふれて花ぎぼし　一一五
曲水【きょくすい】（春）
頬染めて曲水の座におはしけん　二〇六
霧【きり】（秋）
朝霧のはれたるところ街の果　一八四
切干【きりぼし】（冬）
一年のにじむ切干かみしめん　一八九
金魚【きんぎょ】（夏）
金魚掬ひの神様などとはやされて　一二二
金魚藻を入れて金魚を待つばかり　一二一
葛湯【くずゆ】（冬）
一輪の花のさゆらぐ葛湯かな　一五九
クリスマス【くりすます】（冬）
拾ひきし松笠かざれクリスマス　二三七
鯉幟【こいのぼり】（夏）
鯉幟大きな影の下とほる　一一四
氷【こおり】（冬）
帯解いて氷のごとし青畳　九六
蟋蟀【こおろぎ】（秋）
二つまた合はせて鳴くやちちろ虫　一二九

凩【こがらし】（冬）
凩や唇なにを語らむと　一四三
こころにも凩の吹く一日かな　一四二
コスモス【こすもす】（秋）
コスモスの海の中ゆく子どもかな　七七
コスモスを包む昨日の新聞紙　七八
ひびわれし大地なれども秋桜　一三三
炬燵【こたつ】（冬）
思ひ出の句を選みゐる炬燵かな　一四八
小鳥【ことり】（秋）
高々と小鳥待ちゐる梢かな　一八五
木の実【このみ】（秋）
黄金のひびきの木の実降りしきる　二三〇
更衣【ころもがえ】（夏）
更衣しんじつ風となれぬ身を　二二二

さ行

囀り【さえずり】（春）
さへづりやこの世に生まれまだ三日　一六六
左義長【さぎちょう】（新年）
左義長やすでに煙となり果てつ　一九八
桜【さくら】（春）
なにもかも桜月夜のせゐにせよ　二一一
桜貝【さくらがい】（春）
桜貝波打ち寄せてゐてしづか　一六七
桜鯛【さくらだい】（春）
釣り上げて海の日和や桜鯛　二一二
笹鳴【ささなき】（冬）
笹鳴や矢野駅までの道すがら　八五
五月雨【さみだれ】（夏）
さみだれのポストへ葉書出しにゆく　一一六
五月雨の尾道あたりゆくころか　六六
三寒四温【さんかんしおん】（冬）
やうやくに四温たのしむ箒かな　一九九
秋刀魚【さんま】（秋）
広島の夕空高く秋刀魚焼く　七九

鹿【しか】（秋）
神の島に生まれて老いて鳴く鹿よ　一三七
四月【しがつ】（春）
吹きわたる四月の風や開幕戦　五五
十一月【じゅういちがつ】（冬）
生れし日もかくあたたかか十一月　一八八
熟柿【じゅくし】（秋）
たっぷりと眠りて覚めし熟柿かな　八二
春光【しゅんこう】（春）
春光の一塊となる沖の船　一〇四
人間と春の光と畑の上　一〇〇
春潮【しゅんちょう】（春）
春潮を俳句の国へひとまたぎ　一六四
春蘭【しゅんらん】（春）
春蘭の大きな株よ我が宝　一三
生姜【しょうが】（秋）
味噌自慢生姜自慢や生姜味噌　一八〇
正月の凧【しょうがつのたこ】（新年）
初凧や青空いまも遙かなる　九
初凧や助六天をにらみつつ　一〇
白魚【しらうお】（春）
ビニールの中とは知らぬ白魚かな　一六〇
白魚飯【しらうおめし】（春）
一献は安芸のうま酒白魚鍋　二〇一
新年【しんねん】（新年）
平和の灯あかあかと年改まる　四〇
睡蓮【すいれん】（夏）
睡蓮のめざめてはまたほほゑみぬ　一九
スケート【すけーと】（冬）
おもむろにスケートリンク中央へ　一五八
芒【すすき】（秋）
花芒山ごとそよぎゐるごとく　二五
涼し【すずし】（夏）
南国にいま涼しさの髪ほどく　一二五
砂日傘【すなひがさ】（夏）
夕食の前の子どもと浜日傘　二二三

巣箱【すばこ】（春）
入り口のとても小さな巣箱かな　五八
巣箱にも所番地の書いてあり　五九
孟宗を一節切つて巣箱とす　五七
節分【せつぶん】（冬）
節分や鬼の踏みたる豆あまた　一二
雑煮【ぞうに】（新年）
腹ぺこの神に捧げん雑煮かな　一九六
卒業【そつぎょう】（春）
下駄箱に砂を残して卒業す　五一
蚕豆【そらまめ】（夏）
豆ことに空豆好きの夫かな　六四

た行

大根の花【だいこんのはな】（春）
風に揺れただ大根の花である　六二
大文字【だいもんじ】（秋）
大文字つつかけ履いてひょいと来て　二二七
田植【たうえ】（夏）
白鷺を一羽したがへ田植かな　二二
たうたうと大河のほとり田を植うる　一七四
簟【たかむしろ】（夏）
籐筵ひろげて一間明るうす　六九
耕【たがやし】（春）
わが心耕すごとく耕せり　五〇
焚火【たきび】（冬）
夢に見し人のとなりに焚火かな　一四五
章魚【たこ】（夏）
大蛸ののらりくらりと競りを待つ　二二五
種浸【たねひたし】（春）
何とかのいはくの井戸に種浸し　二一三
楤の芽【たらのめ】（春）
たらの芽を棘ももろとも天婦羅に　五三
チューリップ【ちゅーりっぷ】（春）
一本はそつぽ向きをりチューリップ　一六五
椿【つばき】（春）

切りつめて一輪のこの椿かな　四三
椿百百の眼のあるごとく　四八
壺焼【つぼやき】（春）
壺焼やぽんとはじけて貝の蓋　二一四
露草【つゆくさ】（秋）
新婚の小さな家のほたる草　一八二
手袋【てぶくろ】（冬）
手袋の手のもどかしき句帳かな　八八
灯籠流【とうろうながし】（秋）
祈りつぎ我も灯籠流しけり　七五
飛魚【とびうお】（夏）
飛魚のまたも飛び込むデッキかな　一六九
トマト【とまと】（夏）
あかあかの命の色のトマトかな　一七五

な行

ナイター【ないたー】（夏）
広島のナイターの灯や駅間近　一七七
茄子の馬【なすのうま】（秋）
遺されし子どもと遊べ茄子の馬　一七八
夏【なつ】（夏）
一皿に夏を集めてサラダかな　一一七
夏の果【なつのはて】（夏）
胸中に夏の終りの光さす　一二七
夏蒲団【なつぶとん】（夏）
夏掛の端をつかんで眠る子よ　一七二
菜飯【なめし】（春）
絵唐津に盛りて菜飯のことのほか　二一五
南天の花【なんてんのはな】（夏）
南天の花まみれなる仔猫かな　一一九
猫の子【ねこのこ】（春）
散らばれる釦と遊ぶ仔猫かな　六〇
猫の子に遊ばれてゐる夫婦かな　一一一
猫の恋【ねこのこい】（春）
恋の猫尾に口ほどのもの言はせ　二〇三
よく響く鈴を鳴らして恋の猫　四五

寝正月【ねしょうがつ】（新年）
我を守る神の隣に寝正月　三九
長閑【のどか】（春）
手を離れゆく風船の長閑かな　六一

は行

掃初【はきぞめ】（新年）
雀来てこぼせし藁を初箒　一九七
白鳥【はくちょう】（冬）
白鳥になる夢も見し昔かな　九七
葉鶏頭【はげいとう】（秋）
闘へる色となりけり葉鶏頭　一八三
箱庭【はこにわ】（夏）
父と母置く箱庭よとこしへに　七三
箱庭に金魚売りゐるたのしさよ　七二
初鏡【はつかがみ】（新年）
とりあへず紅をさすのみ初鏡　一一
初湯【はつゆ】（新年）
白き体揺らめいてゐる初湯かな　九三
初夢【はつゆめ】（新年）
初夢の中へもついて来る犬よ　四一
花【はな】（春）
一本の何の木の花カフェテラス　五六
眠さうな原爆ドーム花の雲　二一〇
花氷【はなごおり】（夏）
花氷花みな息をするごとく　一七三
花茣蓙【はなござ】（夏）
花茣蓙の下はヒロシマ爆心地　二二一
花菜漬【はななづけ】（春）
生き死にの話などせん花菜漬　一一二
花野【はなの】（秋）
門を出てきのふの花野けふの宿　一三五
地球とふ花野の星にいさかふや　二二八
花野ゆく空に消えゆく処まで　一七九
花火【はなび】（秋）
ときめきや次の花火を待つあひだ　一二八

花びら餅【はなびらもち】（新年）
ほほゑめばほほゑみかへす花びら餅　一五五
花守【はなもり】（春）
先の世は花でありしか桜守　二〇八
羽子【はね】（新年）
つくばねや虚空の中へただ一つ　一五六
春【はる】（春）
ことごとく春のかけらやちりとりに　一〇五
春惜しむ【はるおしむ】（春）
影ひとつ我に寄り添ひ春惜しむ　一一〇
十三の曳山ならべ春惜しむ　二一六
春風【はるかぜ】（春）
春風や何でも掛けてあるフェンス　一〇三
春着【はるぎ】（新年）
首の鈴つけかへ猫の春著とす　一九五
春の風邪【はるのかぜ】（春）
春風邪や薬代はりの甘納豆　四四
春の暮【はるのくれ】（春）
春の暮どの道ゆかば父と母　一六
春の塵【はるのちり】（春）
春塵を払ふ大仏さまの前　一〇七
春めく【はるめく】（春）
薔薇の棘ちくりと指に春兆す　九九
バレンタインの日【ばれんたいんのひ】（春）
さまざまなかたちの箱のバレンタイン　四六
柊挿す【ひいらぎさす】（冬）
挿し易き柊の枝選びくれし　九八
日傘【ひがさ】（夏）
くるくると光をまはす白日傘　一七六
鯷【ひしこ】（秋）
小鰯や百度洗ひて鯛となれ　一八一
雛納【ひなおさめ】（春）
手にのせて後ろ姿や雛納め　一〇二
日向ぼこり【ひなたぼこり】（冬）
残菊のぬくもつてゐる日向かな　一五一
雛流し【ひながし】（春）

野のひかり水のひかりへ流し雛　四七
雛祭【ひなまつり】（春）
一対の雛のごとく位牌立つ　一六一
けふよりは俤となる雛かな　一六二
向日葵【ひまわり】（夏）
向日葵やおほきな瞳あるごとく　一八
氷菓【ひょうか】（夏）
遠き日の母子に戻る氷菓かな　二一
昼顔【ひるがお】（夏）
子午線を踏んで海へと花昼顔　二三四
昼寝【ひるね】（夏）
気の抜けたジンジャーエールよ昼寝覚　一二六
大海を泳ぎきつたり昼寝覚　二四
プール【ぷーる】（夏）
走り来よプールの水をしたたらせ　一七一
袋掛【ふくろかけ】（夏）
手の届くかぎりの枝へ袋掛　一七
福笑【ふくわらい】（新年）
しまひにはだんだんこはし福笑　一五七
仏生会【ぶっしょうえ】（春）
花びらは空に遊べり仏生会　一〇八
葡萄【ぶどう】（秋）
二粒はまだ青きまま葡萄剪る　八〇
冬木立【ふゆこだち】（冬）
歳月や見渡すかぎり冬木立　一四七
冬籠【ふゆごもり】（冬）
推敲のとなりに夫冬ごもり　八九
冬支度【ふゆじたく】（秋）
ひそかにもこころの奥の冬支度　一四〇
冬の日【ふゆのひ】（冬）
この椅子に君のをらざる冬日かな　一四四
冬の夜【ふゆのよ】（冬）
電飾の光脈打つ寒夜かな　三五
冬晴【ふゆばれ】（冬）
泡立てて子犬を洗ふ冬日和　三四
冬めく【ふゆめく】（冬）

冬めけるもののひとつにペンの先　一四一
芙蓉【ふよう】（秋）
ここに立つ流浪の仏花芙蓉　二九
噴水【ふんすい】（夏）
噴水やせい一杯の高さまで　七四
蛇穴に入る【へびあなにいる】（秋）
穴惑ひ惑ひ惑ひてなほ惑ふ　一三四
榾【ほた】（冬）
火の中にもんどり打てる榾ひとつ　一八七

ま行

蜜柑【みかん】（冬）
手の中にぬくもつてゐる蜜柑かな　二三三
水鳥【みずとり】（冬）
浮寝鳥一羽のかげにまた一羽　二四〇
かなしみの翼たたみて浮寝かな　二三九
蓑虫【みのむし】（秋）
蓑虫の自問自答や果てしなし　二二九
虫籠【むしかご】（秋）
虫籠と思へばたのし草の家　二六
虫干【むしぼし】（夏）
おもかげのひとつひとつを土用干　一二三
名月【めいげつ】（秋）
けふの月かの地照らせよなぐさめよ　一三二
目高【めだか】（夏）
目高らに聞かせてゐるやハーモニカ　六五
眼張【めばる】（春）
釣り糸のきらりきらりとめばるかな　四九
餅【もち】（冬）
豆餅よあんころ餅よみな別腹　一五〇
ものの芽【もののめ】（春）
ものの芽のほぐれほぐるるけさの雨　二〇四
紅葉【もみじ】（秋）
生涯の紅葉すべて水底に　一三九

や行

山眠る【やまねむる】（冬）
痛み一つ深く蔵して山眠る　一四六
眠りゐる弥山の裾に句会せん　二三五
山焼く【やまやく】（春）
お山焼炎は炎煽りつつ　二〇二
浴衣【ゆかた】（夏）
藍浴衣母にも母のありしかな　七〇
雪【ゆき】（冬）
外は雪しづかに終はる二楽章　一九一
行く春【ゆくはる】（春）
ゆく春やうづくまりゐる黒唐津　二一七
湯ざめ【ゆざめ】（冬）
題詠を次から次に湯ざめかな　一九〇
引きに引く波の音きく湯ざめかな　二三六
湯豆腐【ゆどうふ】（冬）
湯豆腐や十年のちも向きあうて　一四九
百合【ゆり】（夏）
百合の蕊百合を汚してしまひけり　二〇
夜濯【よすすぎ】（夏）
夜濯や選り分けてゐる白きもの　七一

ら行

落花【らっか】（春）
花莫蓙も人も花びらまみれなり　二〇七
一山の花ちる日傘ひらきけり　二〇九
立夏【りっか】（夏）
絵唐津の草に木に夏来たりけり　二三〇
ｅｖｉａｎの水きらきらと立夏かな　六三
花立てて朝鮮唐津夏に入る　二一九
広島の真赤な夏のはじまりぬ　二一八
立冬【りっとう】（冬）
竹箒波を描きて冬に入る　八三

わ行

若布【わかめ】（春）
幾万の波の寄せくる若布かな　一〇一

初句索引

あ

藍浴衣　七〇
青葉若葉　一一八
あかあかの　一七五
朝顔の　二八
朝霧の　一八四
あぢさゐの　六七
穴惑ひ　一三四
あのころと　二四一
生れし日も　一八八
泡立てて　三四

い

家苞に　五四
生き死にの　一一二
幾万の　一〇一
痛み一つ　一四六
無花果の　八一
一輪の　一五九
一献は　二〇一
一山の　二〇九
一寸に　一七〇
一対の　一六一
一本の　五六
一本は　一六五
祈りつぎ　七五
いまはまだ　一三八
入り口の　五八
鰯雲　一三六

う

浮寝鳥　二四〇

え

絵唐津に　二一五
絵唐津の　二二〇
枝豆や　一三一
ｅｖｉａｎの　六三
遠足の　一〇六

お

黄金の　二三〇
大蛸の　二二五
落葉掃く
　一木の葉の　八四
　音あり人の　三二
帯解いて　九六
思ひ出の　一四八
おもかげの　一二三
おもむろに　一五八
お山焼　二〇二

か

鏡開き　九五
牡蠣殻の　八七
影ひとつ　一一〇
かげろひて　一一五
風に揺れ　六二
かなしみの　二三九
神の島に　一三七
カレンダー　一二四

き

菊枕　二三二
気の抜けた　一二六
着ぶくれて　二三四
胸中に　一一七
けふの月　一三二
けふよりは　一六二
切りつめて　四三
金魚掬ひの　一二三
金魚藻を　一一一

く

首の鈴　一九五
くるくると　一七六

け

下駄箱に　五一

こ

恋心　九四
恋の猫　二〇三
鯉幟　一一四
小鰯や　一八一
凩や　一四三
ここに立つ　二九
心いま　三三
こころにも　一四二
コスモスの　七七
コスモスを　七八
ことごとく　一〇五
この椅子に　一四四
更衣　二二二

さ

歳月や　一四七
サイフォンや　八六
さへづりや　一六六
左義長や　一九八
先の世は　二〇八
桜貝　一六七
笹鳴や　八五
挿し易き　九八
さまざまな　四六
さみだれの　一一六
五月雨の　六六
残菊の　一五一

し

鹿の子に　六八
子午線を　二二四
しばらくは　五二
四方八方　一一五
しまひには　一五七
しめつぽい　二三一
十三の　二一六
十年の　二三
春光の　一〇四
春塵を　一〇七
春潮を　一六四
春蘭の　一三
生涯の　一三九
傷心に　一八六
白鷺を　二二
白き体　九三
新婚の　一八二

す

推敲の　八九
睡蓮の　一九
雀来て　一九七
巣箱にも　五九

せ

節分や　一二

そ

外は雪　一九一
その話　一六八
存分に　一三〇

た

題詠を　一九〇
大海を　二四
大文字　二二七
高々と　一八五
竹箒　八三
闘へる　一八三
たつぷりと　八二
頼られて　七六
たらの芽を　五三

ち

地球とふ　二二八
父と母　七三
散らばれる　六〇

つ

つくばねや　一五六
椿百　四八
壺焼や　二一四
釣り上げて　二一二
釣り糸の　四九

て

手にのせて
　後ろ姿や　一〇二
　硯つめたし　二七
手の届く　一七
手の中に　二三三
手袋の　八八
手を離れ　六一
電飾の　三五

と

たうたうと　一七四
籐筵　六九
遠き日の　二一
ときめきや　一二八
飛魚の　一六九
とりあへず　一一
泥の手で　一四

な

夏掛の　一七二
なにもかも　二二一
南国に　一二五
南天の　一一九
何とかの　二一三

に

睨みゐる　二二六
人間と　一〇〇

ね

猫の子に　一一
眠さうな　二一〇
眠りゐる　二三五

の

遺されし　一七八
野のひかり　四七

は

俳諧や　一一三
白鳥に　九七
白梅や　二〇〇
箱庭に　七二
走り来よ　一七一
裸木と　三一
裸木に　二三八
初凧や
　青空いまも　九
　助六天を　一〇
初夢の　四一
花氷　一七三
花茣蓙の　二二一
花茣蓙も　二〇七
花芒　二五
花立てて　二一九
花野ゆく　一七九
花びらは　一〇八
薔薇の棘　九九
腹ぺこの　一九六
春風や　一〇三
春風邪や　四四
春の暮　一六

ひ

引きに引く　二三六
ひそかにも　一四〇

一皿に　一一七
一年の　一八九
一人づつ　三〇
ビニールの　一六〇
火の中に　一八七
ひびわれし　一三三
向日葵や　一八
開きても　一二〇
拾ひきし　二三七
広島の
　ナイターの灯や　一七七
　真赤な夏の　二一八
　夕空高く　七九
広島や　一六三

ふ

吹きわたる　五五
二粒は　八〇
二つまた　一二九
冬めける　一四一
噴水や　七四

へ

平和の灯　四〇

ほ

ほほゑめば　一五五
頬染めて　二〇六

ま

真青なる　一〇九
豆ことに　六四
豆餅よ　一五〇

み

味噌自慢　一八〇
蓑虫の　二二九

む

虫籠と　二六

め

女木島の　二〇五
目高らに　六五

も

孟宗を　五七
もち米の　四二
ものの芽の　二〇四
門を出て　一三五

ゆ

夕食の　二二三
ゆく春や　二一七
湯豆腐や　一四九
夢に見し　一四五
百合の蕊　二〇

よ

やうやくに　一九九
よく響く　四五
夜濯や　七一

わ

わが心　五〇
我を守る　三九

著者略歴

矢野　京子（やの　きょうこ）

1954年　広島県生まれ
2001年「古志」入会
現在古志同人

古志叢書第五十七篇

句集　花びら餅

初版発行日　二〇一九年一月十五日
著　者　矢野京子
広島市安芸区矢野南一－一六－三一（〒七三六－〇〇八六）
定　価　二一〇〇円
発行者　永田　淳
発行所　青磁社
京都市北区上賀茂豊田町四〇－一（〒六〇三－八〇四五）
電話　〇七五－七〇五－二八三八
振替　〇〇九四〇－二－一二四二二四
http://www3.osk.3web.ne.jp/~seijisya/
装　幀　加藤恒彦
印刷・製本　創栄図書印刷

ISBN978-4-86198-423-5 C0092 ¥2100E